_____ 님께

_____ 드림

글벗시선197 윤소영 첫 번째 시조집

제주에 뜨는 달

윤 소 영 지음

 도서출판 글벗

첫 번째 시조집을 출간하며

구르는 이슬방울 영롱한 쪽빛, 새싹이 돋아나는 물오른 봄바람에 울리는 작은 가슴에는 다가오는 울림의 희망 하나에 내 마음 사로잡네요. 아름다움을 그릴 수 있는 자연의 숨소리에 오묘함에 나의 꿈에도 새싹이 노래하는 여린 가슴에 익지 않은 들꽃 한 송이 사랑과 정성으로 매순간 헤매면서 어느 누가 그랬던가?

불같은 뜨거운 사랑은 힘들다고 아직도 난 진행 중이라 말하는 소용돌이치는 핑크빛 사랑 시어들이 나를 지탱하는 용기와 희망의 길로 인도하는 등불이라. 앙증맞은 황금 같은 중년의 삶 채우고 채우면 언젠가는 나도 우뚝 선 시인이 되어있겠지요. 암흑 속에 등불이 되어 밝혀주는 그대여 언젠가는 나도 그대 손 마주 잡고 오르는 햇살처럼 희망의 나래 펴는 그 날을 기다립니다. 못다 한 사랑 찾아 쉼 없이 도전하고 발전하는 고풍스러운 중년의 삶을 걸어가리라. 글꽃으로 사랑이 피는 시인으로.

2023년 6월 저자 글꽃 윤소영

차 례

제2부 사랑 나무

제3부 오름의 희망

제4부 바다에 젖다

제5부 사랑 한 모금

■ 서평

제1부

가슴에 핀 사랑

사랑이 뭐길래

은하수 달무리 빛
오색 빛깔 수놓네
찬란한 물빛 아래
일렁이는 나의 그대
달 아래
숨겨진 사연
물결 위에 꽃 피네

상큼한 꽃향기가
바람에 나부끼고
바다 위 그려진 꿈
희망을 펼쳐보네
해안가
모래성 쌓고
옛 추억에 잠기네

사랑꽃

은은히 아득하게
들려오는 종소리
어딘가 울린 음성
눈 감아 귀 기울이네
낯익은
발자국 소리
가슴 설렌 임일까

책갈피 문을 열어
옛 추억 펼쳐보네
사랑의 세레나데
가슴이 시리도록
영원히
지울 수 없는
사랑꽃이 피었네

사랑

꽃등에 등불 밝혀
달그림자 밟고 와서
창문가 흔들리는
심장 소리 들리나요?
그대의
맥박이 되어
심장으로 뛸래요

때로는 자장가로
뜨거운 숨 토하며
당신과 내 심장에
오색 빛 수 놓는다
영혼의
무지개 타고
너울너울 춤춘다

가슴에 핀 사랑

물안개 피어오른
새벽이슬 맞으며
또렷이 떠오르는
당신의 웃는 얼굴
애달픔
가슴 저리며
멍울지는 그리움

어디에 담아둘까
아름다운 그 사랑
살포시 마음 열어
가슴에 품은 열정
보고파
그리움으로
다시 찾아 나서네

동백꽃 입술

핑크빛 고운 입술
사랑을 입에 물고
겹쳐진 숨결 위에
느끼는 달콤한 맛
그 향기
젖어 드네요
터질 듯한 이 가슴

꽃 쟁반 춤추는 임
사랑을 피워놓고
해 웃음 노을빛에
젖어 든 나의 사랑
그대여
나를 보아요
그대밖에 없어요

사랑을 꿈꾸면서

눈부신 별빛 달빛
밤이슬 낙엽 위에
어둠이 살짝 내려
그리움 가득해라
한 걸음
내달려 가니
황홀하다 그 순간

하늘의 우리 언약
입술 위 곱게 내려
영원히 잊지 못할
그 향기 젖어드네
이 세상
다할 때까지
그대만을 사랑해

사랑 (2)

어둠 밤 낮달 얼굴
꽃등에 불 밝히고
몽글한 뽀얀 연기
내 사랑 연분홍빛
이 세상
끝날 때까지
가슴 품고 살래요

언제나 방실방실
자장가 그리면서
한없이 너그러운
내 사랑 예쁜 당신
오색빛
달빛 희망에
수놓으신 그 사랑

당신만 보여

우연히 운명처럼
다가온 나의 그대
흔들린 마음으로
진실한 감정 속에
사랑은
조건이 없이
바라봐도 좋아라

인생의 갈림길에
가벼운 미소 만난
마음의 빗장 열고
편안함 주는 당신
꽃보다
어여쁜 당신
내 마음의 꽃이여

사랑이 꽃 피다

커피잔 피어오른
몽실몽실 당신 생각
또다시 피어오른
몽글몽글 당신 모습
그리움
보고싶어서
둘이 함께 나와요

싱글벙글 미소까지
살포시 불러내요
활짝 웃는 그대 모습
내 모습도 보입니다
사랑이
피어올라요
아름다운 그대여

사랑을 담아

바닷가 언덕 위에
늘 푸른 사랑 카페
은물결 반짝이며
하얗게 부서지는
바닷가
모래성만큼
쌓여가는 그 사랑

파도에 쓸려 가면
그 사랑 그리워서
식어간 커피잔에
한 방울 추억 담아
언덕 위
흰 구름 위로
띄워 보는 그 사랑

사랑을 찾아서

가슴을 열어놓고
언제나 만나고픈
소중한 나의 사랑
언제나 그리워라
같은 맘
같은 눈으로
바라볼 수 있다면

작은 비밀 하나
가슴에 묻은 채
좋은 날 올 거라고
소중하게 생각하는
내 멋진
나의 사랑아
그대 찾는 그리움

그리움 한 조각

그리움 한 자락을
가슴에 담아놓고
그리워 눈물짓다
만난 날 꿈을 꾸네
자꾸만
꺼내 보는 꿈
행복 젖는 그리움

아름다운 추억일랑
물거품 된다 해도
비가 오는 날에도
바람 부는 날에도
가끔씩
찾아본다네
그리움에 오늘도

내 사랑아

호수가 산을 품듯
사랑 품은 너와 나

어이해 인연의 깃
우리의 만남의 꽃

당신은
나의 나비로
꽃 피우며 살리라

벗이여

언제나 보고픔에
너와 나 허물없이

한달음 달려가는
거리낌 없는 벗이여

춤추며
노래하면서
들판을 가로질러

긴 머리 흩날리는
영롱한 붉은 물결

차오르는 숨결에
너와 나 헐떡이는

아련한
그때 그 시절
책장 속에 접어 두네

사랑 한 잎

무쇠솥 둥근 바다
푸른빛 아름드리
열꽃에 뽀글뽀글
웃음꽃 속삭이듯
한 그릇
푸른 녹차밥
에너지 솟는 삶을

고소함과 달콤한
행복을 노래하는
푸른빛 꽃 피우는
내 작은 나의 소망
흐르는
사랑의 샘처럼
꿈을 향해 피우리

봄을 부르는 비

또닥또닥 빗소리
옛 추억 소환하네
일그러진 꽃밭에
잡아둘 곳 없는 맘
아린 밤
동심의 세계
내 마음 펼쳐보네

흔들린 하얀 구름
동산 위 둥지 틀고
사랑을 되새기며
꿈꾸는 노년의 길
희망의
꽃 피는 세상
향기 따라 흐르네

기억 한 조각

끝없이 타오르는
희망의 열꽃들은
온종일 하염없이
시어들이 맴도네
흐르는
안갯속으로
나를 놓아 버리네

한순간 암흑 속에
던져버린 시간들
돌부리에 넘어져
거동조차 무서운
그 흔적
누가 알 리요
애타는 이내 마음

가슴에 핀 사랑

두 눈을 감고 누워
그 모습 아른아른

얼마나 행복할까?
조금만 참아보자

고요한
당신의 품속
단꿈 꾸는 내 사랑

마음 한 조각

그대의 고운 미소
방긋방긋 눈짓하며
그대의 사랑 노래
행복 가득 담아채워
눈부신
사랑의 욕망
살사리꽃 사랑

잔잔한 내 마음에
불타오르는 정열은
별과 달의 온유한
환한 그대 눈동자
그리움
추억 한 조각
희망의 꿈을 꾸네

동반자

하늘이 맺은 인연
당신은 나의 반쪽
소중한 만남 속에
사랑으로 맺어진
연리지
영원한 숙명
이 세상 다하도록

순백에 사랑 실어
하얀 이슬 심어놓고
움트는 희망 속에
샘솟는 우리 사랑
동반자
순수한 영혼
무지갯빛 달 속에

하루의 사랑

애타는 눈물방울
그리움 사랑 속에
아련한 추억으로
만남은 행복하고
무지개
일곱 빛깔은
사랑 찾아 가는 길

쪽빛 하늘 뭉게구름
즐겁게 노래하고
은하수 꽃길 위로
꽃피는 사랑 노래
촉촉이
스며든 사랑
아려오는 그리움

제2부

사랑 나무

사랑 나무

핑크빛 햇살 담아
알알이 맺힌 사랑

꽃 품에 올망졸망
눈부신 사랑 나무

욕망은
타들어 가듯
안에 머문 그리움

산새들의 희망

오름 위 산들바람
갈대숲 은빛 노을
조리개 사랑 노래
산새들 노랫소리
깊은 산
청아한 리듬
나무들이 춤추네

앙상한 가지 위에
살포시 내려앉은
반가운 산새 소리
애타게 그리던 임
오작교
구름 위 핀
함께 부른 그 희망

글꽃 무지개

먹먹한 달빛 젖은
내 마음 등불 밝혀
춤추는 시어들의
연둣빛 함박웃음
희망 빛
내일을 위해
끝없는 삶에 행복

붉은 놀 수평선에
시어들 춤추면서
오색 빛깔 하늘하늘
춤추며 노래하는
글 빚은
눈부신 언어
온 누리를 떠도네

유채꽃 사랑

들녘은 노란 물결
수줍음 살랑살랑
눈 속에 샛노란 빛
설레는 맘을 담아
봄 향기
보일 듯 말 듯
젖어 드는 그 향기

화사한 부케 안고
뭇 사내 발길 묶네
어울렁 함박웃음
지천을 뒤흔드네
그대의
영원한 사랑
다시 여기 머무네

희망 그리기

눈부신 맑은 미소
사랑에 향기 품고
꽃처럼 부푼 희망
설렘은 타오르네
그리운
길섶의 뒤 안
뿌려주는 그 사랑

아름다운 풍경소리
짜릿한 감미로운
새파란 공간 속에
뜨겁게 흐느끼는
그대의
사랑 찾아서
봄동산에 오르네

사랑 담기

산바람 엄마 구름
하늘에 꽃불 놓네
무지개 아롱아롱
수채화 그리듯이
꽃향기
확 뿌리면서
엮어가는 그 사랑

따스한 햇살 아래
팔 벌린 깊은 상념
들려온 피리 소리
수선화 나풀나풀
오색빛
물결 위에서
황금물결 노래해

하얀 그리움

바람이 속삭이듯
창문을 두드리며
애타게 기다렸던
임 마중 나갔지만
빈 가슴
채울 길 없어
시린 가슴 달래네

나무는 그렁그렁
눈물을 매달았네
사랑은 눈꽃으로
소담히 피었건만
빛나던
다이아몬드
핏빛으로 물드네

목련꽃

우아한 꽃망울은
하얀 꽃 불 밝히고

그윽한 가지 향기
햇살은 도도하다

목련꽃
진한 그리움
순결한 맘 흐른다

사랑(3)

갈바람 불어오면
춤추는 은행잎들
샛노란 등불 들고
임 마중 나간다네
행여나
지나칠세라
온 세상을 밝히네

갈바람 속삭이면
수줍은 단풍잎들
예쁘게 단장하고
임 마중 간다 하네
행여나
안 오실까 봐
향기 가득 뿌리네

하늘에 그린 사랑

애절한 사랑 속에
눈물로 채워지는
무게 없는 그리움
시린 맘 문지르네
하늘빛
바다에 젖어
타들어 간 목마름

바다를 가득 품은
희망의 가슴 속에
꿈들은 바람결에
부서져 흩어지네
나의 임
하얀 이슬에
가슴 품은 그리움

사랑 하트

단풍잎 빨강 노랑
사랑이 내려오면
출렁인 황금물결
행복에 젖어드네
은행잎
가슴에 쌓아
하트 사랑 가을빛

사유의 책갈피에
가슴에 차곡차곡
국화꽃 향기 따라
내 사랑 퍼져가네
천년은
변하지 않는
깊어가는 그 사랑

엄마 품속

오색빛 구름 타고
사뿐히 내려오면
구름 위 걷는 모습
햇살이 방긋 웃죠
두 눈을
지그시 감고
엄마 품속 찾지요

아늑해 포근해요
그리운 엄마 얼굴
새들도 정다운 맘
사랑을 속삭이고
꽃들도
행복한 꽃을
사랑으로 피워요

걸린 희망으로

멈춘 하늘 새벽녘
솜사탕 휘날리는
어둠도 외면한 채
흐트러진 시간은
한 조각
아련히 스치는
희망의 나래 묻네

등댓불 꽃무지개
그려놓은 그 이름
아름다운 뒷모습
건네준 희망 한 줌
그대여
그리운 날에
꽃 마음 찾아가요

능소화

머금은 환한 향기
사랑은 피어올라
해 지고 달이 뜨면
그리움 깊어가네
돌담길
위로 오가는
아픈 희망 서럽다

어여쁜 그 향기에
내 마음 빼앗겼네
흐린 기억 속으로
연기처럼 흩어지네
하얀 밤
지새우는 삶
행여 올까 기웃기웃

사랑 찾기

코끝에 감미로운
꽃내음 밀려오네

내 마음 몽글몽글
제비처럼 힘이 솟고

꽃구름
무지개 타고
고운 임 내려앉네

달려가네 그곳으로

핑크빛 사랑 담아
해지는 줄 모르고
한달음 내디딜 때
어스름 달빛 젖네
내 마음
그대와 함께
스며드는 사랑아

깊은 밤 하얀 별밤
초롱초롱 불 밝히네
눈썹 위 사랑 실어
그리움 눈물짓네
새벽녘
나를 찾아온
묻어놓은 그 향기

희망의 빛을 타고

샤르르 한줄기 빛
바다에 스며들듯
촉촉한 임의 미소
들추는 작은 희망
야릇한
너의 언저리
희망의 꽃 피었네

쏟아진 고운 꽃불
창문에 빗금 치는
임 마음 붓질하고
입맞춤 감미롭네
하늘 끝
핑크빛 마음
움트는 꿈 그대여

사랑빛

꽃등에 등불 밝혀
비취는 달그림자
살며시 다가와서
창문가 흔듭니다
임이여
소리 들려요
한 심장이 뛸래요

포근한 자장가로
뜨거운 숨 토하며
너와 나 심장 속에
행복의 수를 놓네
영혼의
무지개 타고
너울너울 춤추네

봄의 몸짓

둘레길 언덕 위에
바위틈 돌 틈 사이
둥지 튼 어린 새싹
바다향 머금었네
뭉뚝한
손 모양 잎새
달콤한 즙 가득히

그대는 봄의 전령
향기를 머금었네
입안은 아삭아삭
쌉싸름 솔향 가득
텁텁한
입맛 깨우니
산뜻한 임 오셨네

사랑의 담금질

나만을 생각해요
딴생각 버리세요

나만을 꺼내놓고
담금질하고 있네

너만을
좋아한 마음
변하지는 말라며

제3부

오름의 희망

제주에 뜨는 달

제주를 아시나요
내 안에 머문 그대

수줍은 미소 피워
파르르 떨린 입술

고요함
일깨우나니
풋풋하다 이 설렘

봄이다 나와라

새빨간 햇살 빛에
노란빛 하늘하늘
병아리 깜짝 놀라
탱고 춤 뒤뚱뒤뚱
봄이다
설레는 마음
하늘 아래 펼치네

꽃그늘 초록 들녘
물결 위 흘러가는
아지랑이 방실방실
꽃구경 나서는 길
땅꼬마
달그락하며
사랑 희망 움트네

돌담길 걷는

유채꽃 방긋 웃는
돌담길 구불구불
묵묵히 오랜 시간
한 떨기 핀 야생화
오묘한
자연이 빚은
희망의 빛을 품네

꿋꿋이 거센 바람
자연이 만들어준
아름다운 마음은
풍년을 이어가네
소중한
우리의 유산
영원 함께 하리라

나의 인생

영롱한 나의 햇살
풋풋한 소녀 같아
연민과 동정심이
설레는 붉은 마음
내 마음
백지 같아라
아름드리 꽃 피네

가벼운 깃털처럼
구름 위 마음 실어
은하수 윤슬 위에
빛나는 너의 매력
영혼의
고요함 속에
청순하다 그 눈빛

이슬비

낙엽 위 이슬방울
사뿐사뿐 구르며

호숫가 잠긴 불빛
환하게 임 그리며

흔들린
파장 위에서
내려앉은 내 영혼

꿈을 그리다

붉은빛 토끼 구름
한 아름 핑크빛 맘

무지개 창가 걸린
꽃으로 그린 글씨

하모니
가슴을 살짝
사랑 타고 흐른다

춤추는 아름다움
행복을 노래하네

꿈 희망 가득 실어
뜨락에 내려앉네

푸른 빛
꿈꾸는 초원
핑크빛 시인일세

낙엽의 노래

갈대숲 알록달록
은물결 눈부시네
희망의 등불 찾아
바람결 숨어 우네
아련한
추억 속으로
가을 길을 걷는다

낙엽이 뒹구는 날
내 영혼 흔들리네
바스락 또 바스락
낙엽길 떠나가네
휘파람
인생의 여정
행복 찾아 떠나네

달콤한 커피

한잔의 커피 향기
새벽길 밝혀놓고
하루의 희로애락
사뿐히 접어놓고
새 아침
희망을 안고
사랑꽃이 피었네

매혹적인 미소에
온 마음 노래하는
동백꽃 같은 마음
내 가슴 머문다네
한 모금
사랑에 홀린
영원 동행 꿈꾸네

산새들의 희망

오름 위 산들바람
갈대숲 은빛노을
조리개 사랑 노래
산새들 노랫소리
깊은 산
청아한 리듬
나무들이 춤추네

앙상한 가지 위에
살포시 내려앉은
반가운 산새 소리
애타게 그리던 임
오작교
구름 위 만나
함께 부른 희망가

함께 걷는 길

구름은 하늘하늘
매듭은 청실홍실
순백의 천사로다
사뿐히 내려오네
나는 꽃
그대는 나비
연리지 사랑으로

하늘이 내린 인연
한줄기 무지갯빛
모닥불 사랑으로
야릇한 몸짓으로
풋풋한
흐르는 선율
하늘 위에 건너네

세월의 뒤안길

못다 핀 내 열정에
살포시 떠밀려 온
아픔에 사연 담은
한 많은 세상살이
꽃보다
향기롭구나
고운 너의 품속이

잎새들 한잎 두잎
흐르는 바람결에
유유히 가는 세월
눈부신 애처로움
내 마음
푸른 꿈 펼쳐
너의 사랑 꿈꾸네

바다는 나의 인생

붉은 놀 뽀글뽀글
사랑꽃 피어오른
포말에 묻어 피는
꽃내음 감미롭다
그 사랑
아련한 미소
그리움의 한 조각

바다의 벗이 되어
그 흔적 찾아가니
물안개 피어오른
가엾은 너의 몸짓
파도가
감춘 그 희망
꿈을 찾아 나서네

군고구마 사랑

은하수 달빛 꽃빛
갈바람 창 흔드네

그리운 엄마 품속
아궁이 붉은 열꽃

고구마
숨바꼭질에
부지깽이 춤추네

노릇한 노란 속살
베어 문 입가마다

열리는 함박웃음
도란도란 꽃이 피네

방안에
가득한 향기
깊은 밤은 흐른다

오름의 희망

산들바람 푸른 숲속
오름을 타고 올라
잔잔히 들려오는
애잔한 예불 소리
어느덧
간절한 축원
하늘 향해 흐르네

맑은 물 흘러가듯
청아한 종소리에
추억을 떠올리듯
새 소리 감미롭다
물소리
사랑의 이슬
희망의 꽃 피어라

허공

눈물로 채워지는
그리움 어디 갔나

애절한 사랑 속에
가슴을 더듬는다

하늘빛
바다 적시는
썰물 되어 넘나드네

냉이처럼 달다

돌담 옆 푸른 언덕
붉은 놀 입에 물고

영롱한 이슬방울
냉이의 푸른 쪽빛

아낙네
사랑을 줍고
방긋방긋 웃는다

밥상 위 푸른 봄꽃
송골송골 피었네

새봄의 깊은 활력
희망을 노래하네

봄 내음
냉이꽃처럼
달콤하다 그 향기

사랑 도둑

마음을
훔쳐 가는
정말로 나쁜 도둑

이제는
나 몰라라
가슴만 흔든다네

홀연히
떠나버린 너
그대는 나의 사랑

찔레꽃

산책길 어귀에서
수줍게 피어난 꽃
온화한 미소 속에
눈물로 가득한 삶
찔레꽃
향기 머금고
고독 속에 산다네

마음은 하얀 꽃잎
눈물은 빨간 열매
목소리 찔레 향기
그리움 멍울 되어
가슴을
아리는 사랑
나의 가슴 흔드네

그대의 숨결

눈부신 그의 모습
오솔길 꼬불꼬불
상큼한 코끝 향기
유유히 흐른 마음
핑크빛
내 가슴 담아
사랑 서약 묻는다

돌담길 나풀나풀
하늘 끝 사랑 찾아
황금빛 가을 들녘
동글게 사랑 빚어
촉촉한
그대의 숨결
안아주는 내 사랑

하루의 연가

고요는 노을 사랑
흔들어 깨워놓고
부서진 조각조각
제각기 춤을 추네
저 멀리
피어오르는
하얀 마음 태우리

날아든 작은 소망
눈꽃처럼 휘날리고
못다 핀 내 열정은
바람결에 흘러가네
아쉬움
아련한 기억
찻잔 속에 잠기네

그대를 그리며

붉은빛 오색 빛깔
오솔길 굽이굽이
꽃이슬 피어오른
아궁이 빨간 노을
한 토막 무지갯빛 꽃
사랑 굽는 온 마을

은비늘 은빛 물결
바다에 수놓았네
하늘의 만든 자연
감칠맛 노란 호박
갈칫국 칼칼한 맛에
엄마 품속 정겹네

옛 추억 그리면서
웃으시던 고운 미소
흰 갈치 한 마리가
밥상에 도란도란
한 가족 사랑꽃 피고
행복으로 젖는다

제4부

바다에 젖다

바다에 젖다

아련한 임의 생각
물결 위 꽃길 걷네
삼키는 하얀 이슬
흥겨운 임의 사랑
한 잔의
추억 삼키며
피지 못할 꽃이여

모래성 쪽빛 바다
갈매기 사랑 훨훨
파도에 숨어버린
은은한 그리움들
부서진
그대 사랑은
굽이굽이 흐르네

우리 함께

은빛 바다 길섶에
물안개 꽃 피우는
은하수 꽃구름에
달콤한 아침햇살
그대여
언제 오실까
아쉬움만 깊어라

윤슬 위 아롱지는
그대의 예쁜 얼굴
아련히 차오르는
희망의 대지 위에
너와 나
사랑의 꿈을
함께 걷는 그 꽃길

둥근 달빛

가슴에 품은 저 달
임 흔적 찾아가니
그대가 아롱거려
소망을 펼쳐보네
빛바랜
추억을 찾아
그대 곁에 서 있네

내 사랑 살짝 올린
아련한 기억 저편
핑크빛 꿈을 찾아
오롯이 일편단심
한마음
달님에 비춰
그려놓네 호수에

메리골드

산 아래 푸른 물결
황금이 초록 베개
꽃잎들 하늘하늘
방실방실 웃음 가득
땅꼬마
희망의 숨결
미소 속에 잠자네

은은한 꽃차 향기
아련한 기억 속에
오고야 말 행복에
가슴에 희망 담아
꽃잎 차
우리의 믿음
사랑으로 그리네

숲길을 걸으며

상록수의 천연의 숲
연리지 품은 사랑
그 섭리 오묘하다
청아한 낙엽 소리
곶자왈
초록빛 생명
자연을 잉태하네

신비로운 풍경소리
덩굴 숲 얽힌 타래
콩짜개 덩굴 사랑
바위에 둥지 틀다
자연은
위대하여라
아름다운 그 신비

* 곶자왈 : 돌 위에 형성된 숲
* 곶: 숲
* 자왈: 자갈이나 바위 돌

글꽃 피다

구르는 글꽃 마당
아롱아롱 빛나네

새하얀 언어들이
은빛 꽃빛 수놓네

붓 끝에
시어를 품어
온 누리에 퍼지네

홍시 하나

볼그레한 두 볼에
연지 곤지 찍어놓고
달콤한 입맞춤에
설레는 가슴 품고
아련한 그리운 미소
엄마 품속 잠드네

하늘 끝 걸린 햇살
말랑한 홍시 하나
한 잎 가득 머금고
추억 속에 머무네
그리움 담아둔 사랑
아름답고 예뻐라

하얀 별빛 아래
항아리 붉은 웃음
겨울의 간식거리
달콤한 그의 사랑
겨울밤 온 가족 미소
젖어드는 그 마음

해바라기

그대는
나의 꽃
난 그대 사랑 여인

태양은
이글거려
삼킬듯한 큰 욕망

혀끝에
꽃 늘어서듯
검게 익은 큰 수과

노을아

아련한 운무 속에
해넘이 먼 길 걷네

붉은 입술 깨물고
넘지 못한 애달픔

비양도
앞산에 젖어
아쉬움 삼키는 노을

우리 사랑

하늘이 주신 인연
불 밝힌 청사초롱
두 눈을 멀게 하니
내 사랑 어이 하리
그 사랑
어이할까나
달콤하다 그 웃음

사랑에 젖어드는
여백의 긴 울림들
찻잔은 덩그러니
그리움 피어가네
물안개
기억 저편에
다시 피는 그 미소

사랑하는 당신

봄꽃을 바라보니
내 임이 그리워라
빗장을 풀어놓은
물오른 봄꽃처럼
그리운
가슴을 안고
당신 앞에   서리라

조금은 수줍은듯
어색한 나의 미소
한평생 피고 지는
내 인생 나의 청춘
우리가
영원히 살며
글꽃 피워 살리라

하루의 여정

오뚝이 같은 내 삶
돌아서면 늘 제자리
행복을 찾으려고
끝없는 방황 속에
오늘도
하루의 이름
반복되는 긴 여정

달콤한 초콜릿에
기다림 좋으련만
가없이 쌓인 번뇌
가늠할 수 없어라
신기루
끝없는 바람
사라지는 그 하루

희망이 꽃 피다

그림자 한 올 한 올
아득히 별을 담고
꽃등 켠 은하수
그리운 별빛 달빛
아련한
가슴 한켠에
붉은 열정 태우네

들꽃의 아름다운
임 사랑 머금는다
위로받고 싶은 날
달빛에 묻은 영혼
촉촉이
젖은 눈망울
나의 사랑 움트네

시어들의 행진

아장아장 걷는 걸음
귀여운 아기 시어
살금살금 내딛는
멋쟁이 꼬마 시어
바쁘고 듬직한 글말
오빠 시어 푸르다

빠르고 쏜살같은
빛나는 아빠 시어
포근한 햇살처럼
잠드는 엄마 시어
이마에 꽃무지개 핀
훈장을 단 할매 시어

넉넉한 배려 웃음
할배 시 너털웃음
인생은 오미자 맛
각자의 느낌대로
행복을 그리며 사는
희망 찾는 여행길

바람꽃처럼

바람꽃 부는 언덕
내 가슴 스며들면

나 혼자 달려가는
그 마음 애달파라

그대의
마음속으로
들어가고 싶어라

가을 사랑

황금물결 출렁이는
가을이 다가오면
그리움 한 조각을
가슴에 묻은 사랑
열병에 눈물이 솟네
참사랑이 뭐길래

청량한 가을 햇살
살포시 다가오면
포근히 안아주는
감미로운 음악처럼
달콤한 시간 속에서
몸부림친 외로움

가을은 바람 타고
클래식 선율 흘러
내 가슴 설레게 한
사랑의 진한 커피
잔 속에 녹아내리듯
사랑 묻는 그 눈물

사랑비

갈맷빛 바람결이
내 어깨 스며드네
아련히 들려오는
사랑의 세레나데
내 임은
어디 계실까
추억 찾아 나서네

나란히 거닐면서
함께 한 굳은 언약
목말라 애태우던
선율의 아름다움
파도가
물결을 치듯
그리움을 토하네

그 어떤 날

찬 바람 몹시 불어
옷깃을 여미는 날

사랑을 말하려니
목메게 보고픈 날

말없이
찾아간 사랑
그대 곁에 머무네

바다 사랑

은빛 물결 초록 바다
뭉게구름 안아주면
머금는 아침이슬
처얼썩 물결치네
눈부신
옥색의 빛깔
피가 끓는 사랑가

제주는 축복의 땅
갈매기 사랑 훨훨
달콤히 그린 사랑
한 폭의 수채화라
푸름을
가슴에 담아
속삭이는 그 생명

한 줄기 빛으로

한 자락 어렴풋이
옛 기억 떠오르면
바람에 흔들리는
수많은 사랑 추억
그리움
한 자락 빛에
아롱아롱 그대여

빛바랜 세월 속에
나누며 얻은 행복
희망이 싹트는 날
멋진 꿈 사랑 추억
웃음꽃
즐거운 행복
미소 짓는 그리움

제5부

사랑 한 모금

사랑 한 모금

길가에 어우러진
풀잎 위 이슬방울
창문을 열게 하는
선선한 새벽바람
가을이
다가온다네
상큼하다 그대는

하늘에 조각구름
희망찬 쪽빛 마음
피아노 선율 위에
아련한 그리움들
큰 울림
눈물짓는다
잊지 못할 그리움

사랑 고백

가슴이 요동치며
살포시 내려앉네

창가에 기대서서
설레는 이내 마음

오로지
너만 사랑해
흐느끼는 큰 울림

글 사랑

매 순간 너를 위해
내 마음 펼쳐보네
글 향기 깊게 취해
글 마음 찾아가면
언제나
글 나눔으로
행복 젖은 내 마음

사념의 꽃밭 위에
사뿐히 내려앉아
소담한 봉오리에
마음 밭 가득 채운
한마음
글 사랑 취해
덩실덩실 춤추네

사랑아(2)

새하얀 도화지에
그리움 수놓았네

마법의 항아리는
희망을 흩뿌리네

내 마음
향기에 젖어
그의 마음 적시네

내 사랑 그대에게

그대 처음 본 순간
내 가슴 콩닥콩닥
활짝 웃는 그 모습
향기 품은 그 눈빛
눈부신 분홍빛 설렘
내 가슴을 수놓네

시들지 않는 사랑
한 송이 꽃이 피어
내 마음 드릴게요
그대 마음 품을게요
따뜻한 우리의 약속
천년만년 지켜요

저 둥근 달빛 속에
은은히 비춘 사랑
당신께 젖어 들어
살포시 입 맞춰요
오롯이 당신을 향해
그대 꿈만 꿀게요

함박웃음

나는 너 부르는데
아무런 대답 없네
구슬픈 메아리 속
들려 온 그 목소리
바람결
너울 빛 따라
띄워 보낸 그 사랑

그대는 나의 사랑
마음속 살아가요
앞에서 웃음으로
뒤에는 그리움뿐
언제나
함박 웃음꽃
나의 사랑 꿈꾸네

파도 사랑

온화한 가슴으로
햇살을 포옹하네
뜨거운 정열의 빛
나만을 믿으라네
파도는
신나는 왈츠
춤을 추는 그 사랑

바위로 오른 물결
따스한 입맞춤에
입안에 가득 품은
포근한 그의 사랑
그리움
가득 머금고
내 사랑만 그리네

토끼야 달 따러 가자

은하수 달빛 아래
입술에 달그림자
우수수 떨어지는
새 희망 담아놓네
해 오름
아롱거리는
희망 불꽃 영원히

순하고 귀여워라
영리한 지혜로움
풍요한 내 삶 속에
빛나는 너의 노래
온 대지
빛나는 두 눈
사랑으로 담으리

매듭달의 소망

태양이 내려앉은
방 안에 함박웃음
애기꽃 도란도란
밤하늘 걸어놓고
별빛에
달빛 웃는다
펼쳐보는 내 마음

쏟아진 햇살 아래
새 희망 꿈꾸면서
가슴에 적는 언어
언제나 행복하게
노을 위
걷는 매듭달
희망 꽃씨 심는다

가을 추억

빛나는 햇살보다
사뿐히 걸어오네
빠알간 사과처럼
사랑을 가슴 안고
입술을 쏘옥 내밀고
소리없이 오네요

살사리 하늘하늘
바람에 속삭이듯
잠자리 뱅글뱅글
춤추는 가을 하늘
너는 참 아름답구나
계절마다 피는 꿈

기나긴 기다림에
열매들 붉은사랑
행복을 만끽하니
가을아 참 좋아라
이제는 너를 마음껏
사랑해도 되겠지

희망 찾아서

그대의 맑은 미소
사랑의 향기 품고
꽃처럼 부푼 희망
설렘은 가득하네
길섶에
가득히 쌓인
사랑으로 뿌리네

아름다운 풍경소리
짜릿한 감미로운
새파란 공간 속에
뜨겁게 흐느낀다
그대의
사랑 찾아서
봄 동산에 오르네

바다와 배

흐느낀 붉은 바다
고요한 별빛 틈에
두 뺨 위 그리는
삶의 뜨거운 욕망
아련한
그대 잡은 손
어이해 오시려나

아무런 대답 없이
흔들린 내 영혼은
하이얀 그리움에
바다에 물들었네
늘 푸른
당신의 향기
파고드는 그리움

잎새달의 희망

초록빛 물든 하늘
옹골찬 달빛 속에
새로운 희망으로
잎새달 영롱하다
행복은 내 안의 소망
등불 되어 비추네

물오른 나무처럼
꽃잎이 날리듯이
새싹이 돋아나듯
어둠을 밝혀주는
인생아 봄꽃 같은 날
너와 함께 하리라

봉긋한 푸른 숲속
저마다 꽃피우는
봄바람 살랑살랑
흔들어 깨우면서
잎새달 불타는 청춘
노래하는 새 희망

청춘 연가

내 가슴 향에 녹여
흔드는 치맛자락
가슴은 요동치며
심장을 불태우네
정열이 유혹한 녹음
짙어가는 그 욕망

꽃술에 숨겨놓은
빛나는 어린 시절
정신줄 놓아버린
그 옛날 사랑 추억
내달린 나의 인생길
화양연화 내 추억

한시도 쉬지 않고
돌아가는 물레방아
풍차는 돌고 돌아
세월을 따라 간다
빛나는 나의 청춘아
아름다운 그 추억

나의 노래

참새처럼 소곤소곤
노래로 춤을 추네
신나게 덩실덩실
어여쁜 나의 소녀
새싹의
하얀 눈망울
꿈을 꾸는 어린이

하늘로 두 팔 벌린
하늘의 잠자리 채
오늘도 보물 찾기
신나고 즐거워라
설레는
꿈 사냥 놀이
푸른 하늘 담지요

그리운 어머님

산 너머 아지랑이
나풀나풀 그리면서
그리움 가슴 뭉클
길섶에 이슬방울
훔치던
추억의 사랑
내 어머님 찾는다

단 한 번 못한 얘기
오늘에 하는 고백
사랑해 전하는 맘
이슬로 사라지네
꿈속에
다시 오시네
막내딸을 보시려

사랑의 옹달샘

황금 옷 갈아입어
희망이 주렁주렁

처마 끝 사랑둥지
행복이 도란도란

호롱불
마주 앉아서
웃음꽃이 움트네

추억을 그리면서

눈부신 태양 아래
내 인생 쉬어 가는
막걸리 한잔 술에
시름을 달래련다
이마에
그려진 세월
추억 찾아 나서네

옛 시절 그리면서
달래며 감탄하고
감미로운 첫사랑은
목젖을 타고 내려
추억의
징검다리를
깡충깡충 건너요

여우비

갈맷빛 바람결에
내 어깨 스며드는
아련히 추억 하나
사랑의 세레나데
내 임은
어디에 있나요
추억 찾아 헤매네

나란히 거닐면서
언약을 굳게 하고
목말라 애태우던
내 마음 적십니다
파도에
밀려오는 꿈
그리움을 토하네

몰래 한 사랑

물안개 피어오른
새벽이슬 맞으며
또렷이 떠오르는
당신의 웃는 얼굴
보고파
가슴 저리며
멍울지는 그리움

어디에 담아둘까
아름다운 그 사랑
살포시 마음 열어
가슴에 품은 열정
보고파
그리움으로
다시 찾아 나서네

글쓰기를 통한 삶의 구원과 사랑

- 윤소영 첫 번째 시조집 『제주에 뜨는 달』

최 봉 희(시조시인, 평론가, 글벗 편집주간)

보통 좋은 시와 시조를 만나면 '시(시조)가 아름답다.'는 표현을 하곤 한다. 그것은 어떤 의미일까? 꾸미지 않은 진실에서 오는 것이 아닐까? 그럴듯한 말로 꾸며서 쓰는 시는 결코 좋은 시가 아니다. 시인에게 아름다움은 진실을 정성스럽게 표현하는 것이리라. 억지로 꾸민 글이 아니다. 진실을 담은 시와 시조를 표현하는 것, 이것이 글을 쓰는 첫걸음이다.

말글은 뜻을 전달하는 데 일차적인 목표가 있다. 하지만 거기에 덧붙여 아름다움을 느낄 수 있다면 금상첨화다. 시의 내용도 좋지만 '형식미'도 넘친다는 말은 시에 대한 극찬의 말이다. 시와 시조는 말이 있는 만큼 내용과 형식이 잘 어울리도록 써야 한다. 고상한 내용은 고상한 언어로 쓰고 투박한 내용은 투박한 언어로 써야 한다. 현실을 비판할 때는 날카로운 언어로 각각의 상황에 맞는 표현과 언어를 사용해야 한다.

한국문인협회나 국제 펜클럽 한국 본부 등에서 대한민국 국민이 좋아하는 시에 대한 설문조사를 발표하곤 한다. 그때마다 1~2위로 손꼽히는 시가 바로 김소월의 「진달래꽃」이다. 시의 화자가 지금 사랑하는 사람을 떠나보내고 있는 상황에서 시 안에서 화자가 눈물을 꾹 참고 있는 모습이 보이고 심지어 사랑하는 사람이 떠나가는 길에 꽃을 따서 뿌려주겠다는 말까지 한다. 그러면서 죽어도 눈물을 흘리지 않겠다는 다짐도 하고 있다.

사람들은 왜 이 시를 좋아하고 우리나라 시 중에서 최고의 시로 손꼽고 있다. 왜 그럴까?

제주에 사는 윤소영 시인은 자신의 터전을 기반으로 창작 활동을 활발하게 전개하고 있다. 그는 골프장과 호텔인 일터에서 일하는 요리사다. 그의 삶은 새벽부터 저녁때까지 불규칙한 삶을 살아가고 있다. 다양한 피로와 스트레스로 가득하다. 그는 종종 말한다.

"나의 삶을 구원하는 것은 다름 아닌 시를 쓰는 일과 노래 부르기다."

나에게는 사실 시조 쓰기는 매일매일 스스로 구원하는 힘이 있다. 물론 단번에 기적적으로 치유되는 마법 같은 약은 아니다. 하지만 시를 '쓸 수 있는 날'과 시를 '쓸 수 없는 날'의 차이는 확연하게 다르다.

그의 표제시 「제주에 뜨는 달」을 살펴보자.

제주를 아시나요
내 안에 머문 그대
수줍은 미소 피워
파르르 떨린 입술

고요함
일깨우나니
풋풋하다 이 설렘
– 시조 「제주에 뜨는 달」 전문

 글을 쓸 수 있는 날은 살 만한 날이요, 설렘이 가득한 날
이다. 글쓰기는 제 마음속에서 제멋대로 꿈틀거리는 생각
을 마블링 기법처럼 제 마음의 바다 위에서 떠내는 작업이
다. 보일 듯 말 듯 희미하고 아련하게 떠오르는 생각이 오
롯한 글로 떠오르는 순간 정말 행복하다.

그리움 한 자락을
가슴에 담아놓고
그리워 눈물짓다
만난 날 꿈을 꾸네
자꾸만
꺼내 보는 꿈
행복 젖는 그리움

아름다운 추억일랑
물거품 된다 해도
비가 오는 날에도

바람 부는 날에도
가끔씩
찾아본다네
그리움에 오늘도
– 시조 「그리움 한 조각」 전문

윤소영 시인에게 시조 쓰기는 발견의 시간, 창조의 시간
이다. 글쓰기에 필요한 재능은 문제를 발견하는 능력, 원인
을 끝까지 파헤치는 지성 그리고 문제와 해결의 과정을 문
장으로 표현하는 감수성이 있어야 한다. 무엇보다도 글쓰
기의 모든 과정을 진심으로 즐기고 기뻐해야 하는 일이 필
요하다. 멋진 문장을 만들어내는 표현력도 중요한 재능이
지만 화려한 문장을 만들어내는 능력만으로는 오래 견딜
수가 없다. 글쓰기의 커다란 의미를 찾아내는 깊은 감식안
이 필요하다. 사실 윤소영 시인이 불규칙하고 힘겨운 삶
속에서 무엇인가를 끌어낼 수 있다는 사실 자체가 구원의
시작이기에 행복한 시간이다.

무쇠솥 둥근 바다
푸른빛 아름드리
열꽃에 뽀글뽀글
웃음꽃 속삭이듯
한 그릇
푸른 녹차 밥
에너지 솟는 삶을

고소함과 달콤한
행복을 노래하는
푸른빛 꽃 피우는
내 작은 나의 소망
흐르는
사랑의 샘처럼
꿈을 향해 피우리
– 시조「사랑 한 잎」전문

 나는 왜 글을 쓰는가. 누구와 어떤 공감의 공동체를 만들기 위하여 글을 쓰는가. 도대체 내 글로 무엇을 할 것인가. 시인은 자연을 노래하고 꽃을 노래한다. 제주도의 녹차밭에서 얻은 밥을 미각으로 느끼면서 삶의 활력소로 얻은 푸른빛 소망과 사랑의 마음을 꿈으로 피우겠다고 말한다. 그의 시의 주제는 제주에서 느끼는 분명 사랑이고 행복이다.

두 눈을 감고 누워
그 모습 아른아른

얼마나 행복할까?
조금만 참아보자

고요한
당신의 품속
단꿈 꾸는 내 사랑
– 시조 「가슴에 핀 사랑」전문

보통 글쓰기의 재능은 세 가지를 겸비한다.

첫 번째는 이야기가 담긴 상상의 힘이다. 어디서나 이야기의 가능성을 보는 힘이 있어야 한다. 아주 작은 단어 하나만 봐도 아주 사소한 이미지를 만나도 아주 미세한 향기를 느껴도 이 속에는 어떤 이야기가 숨어 있을까? 시인은 상상하고 끄집어낸다.

참새처럼 소곤소곤
노래로 춤을 추네
신나게 덩실덩실
어여쁜 나의 소녀
새싹의
하얀 눈망울
꿈을 꾸는 어린이

하늘로 두 팔 벌린
하늘의 잠자리채
오늘도 보물찾기
신나고 즐거워라
설레는
꿈 사냥놀이
푸른 하늘 담지요
- 시조 「나의 노래」 전문

윤소영 시인의 시조는 동심을 지닌 맑고 선명한 시조다. 아름다운 자연을 노래하는 것은 물론 어린아이와 같은 작가적 상상력에 의해 그의 시조가 완성되고 노래가 된다.

더욱이 자신의 쓴 시조에 대하여 사전 검증을 거친다. 바로 SNS를 활용한 창작활동을 통해서 독자들의 반응이 어떠한지 확인하면서 성장할 수 있는 것이다. 창작과정에서 치열하게 내면과 승부를 걸어도 좋은 작품이 탄생할 수 있지만, 대중들과 소통하는 방법을 활용하여 독자들의 반응을 확인하고 검증하는 과정도 필요하다.

두 번째는 작가는 감정이 필요하다. 섬세하고 예리하며 예민한 감정을 말한다. 감정은 생각을 구현하고 새로운 이야기를 만들어간다. 바로 작가적 상상력의 원천이다.

우연히 운명처럼
다가온 나의 그대
흔들린 마음으로
진실한 감정 속에
사랑은
조건이 없이
바라봐도 좋아라

인생의 갈림길에
가벼운 미소 만난
마음의 빗장 열고
편안함 주는 당신
꽃보다
어여쁜 당신
내 마음의 꽃이여
- 시조 「당신만 보여」 전문

이 시조에서는 '당신은 내 마음의 꽃'이라고 메시지를 전달한다. 시인은 사랑의 마음으로 사물을 보고 대상을 흠모하면서 솔직한 감정으로 말한다. 섬세하고 예리하고 예민한 감정 속에서 상상력을 구현하는 것이다. 삶이든 글이든 자기 감정에 당당해야 한다.

    가슴이 요동치며
    살포시 내려앉네

    창가에 기대서서
    설레는 이내 마음

    오로지
    너만 사랑해
    흐느끼는 큰 울림
    - 시조 「사랑 고백」 전문

많은 작가들은 '글쓰기는 말 걸기'라고 정의한다. 자신을 향해 쓰는 글은 없다는 의미다. 글쓰기는 누군가에게 자신 이야기를 얘기하고, 다른 이에게 고백하는 것이다. 말 걸기는 독백이 아니다. 대화를 통해서 상대와의 공명이 이루어져야만 한다. 이때 말 걸기는 당당하다.

조선의 최고의 문장가인 연암 박지원 선생은 "진심의 글을 쓰라."고 우리에게 말한다. 그리고 "아프고 가렵게 쓰라."고 말한다.

시조는 전달력이 높다. 그리고 강한 여운을 남긴다. 시조의 여백에 거대한 생각의 덩어리가 숨어 있을 때 감동과 여운이 생긴다. 그래서 시인은 이를 위해서 글을 고치고 또 다듬어야만 한다.

셋째는 끝없이 글의 재료를 저장하는 능력이다. 이야기는 하루아침에 완성되지 않는다. 끊임없이 언젠가는 이야기가 될 만한 것, 언젠가는 펴낼 책 한 권을 위해 끊임없이 성실하게 적바림(메모)해야 한다. 이야기의 씨앗이 무럭무럭 자라날 때까지 끊임없이 쓰고 적고 퇴고해야 한다. 이를 위해서는 함께 글을 쓰고 나눌 글벗이 필요하다. 아울러 지속적인 글 나눔과 공부가 필요하다.

좋은 시조는 문법의 허용치가 높은 문장, 구어체의 묘미를 살린 작품이다. 이 세상에는 다양한 종류의 글이 있다. 그러나 모두가 좋은 글이 될 수 없다. 시조는 장식을 배제하고 절제된 균제의 아름다움을 추구한다.

붉은빛 토끼 구름
한 아름 핑크빛 맘

무지개 창가 걸린
꽃으로 그린 글씨

하모니
가슴을 살짝
사랑 타고 흐른다

춤추는 아름다움
행복을 노래하네

꿈 희망 가득 실어
뜨락에 내려앉네

푸른 빛
꿈꾸는 초원
핑크빛 시인일세
– 시조 「꿈을 그리다」 전문

 시인은 붉은빛, 핑크빛, 푸른빛으로 꿈을 노래하고 희망을
노래하고 행복을 말한다. 그리고 꿈을 그린다. 생명이 없는
현상에 말글로 영혼을 불어넣어 빛 속에 극적인 드라마를
연출시키고 있다.

은하수 달무리 빛
오색 빛깔 수놓네
찬란한 물빛 아래
일렁이는 나의 그대
달 아래
숨겨진 사연
물결 위에 꽃 피네

상큼한 꽃향기가
바람에 나부끼고

바다 위 그려진 꿈
희망을 펼쳐보네
해안가
모래성 쌓고
옛 추억에 잠기네
– 시조 「사랑은 뭐길래」 전문

시인은 사랑을 숨겨진 사연이 물 위에서 꽃이 피는 것이
라고 말한다. 상큼한 꽃향기가 바람에 나부끼면 제주도의
바다에 그려진 꿈이고 희망이라고 말한다. 그리고 사랑의
추억을 모래성에 쌓고 그 추억에 잠긴다고 말한다.

문학 작품은 시대의 흐름에 따라 변화한다. 고시조에서는
음악적 측면을 강조했다면, 현대 시조에서는 자유시의 영
향을 받아 회화적 측면을 중시한다. 작품에서 부분적으로
자유로운 리듬감이 드러나고, 시상의 전개에서 시각적 이
미지가 중요한 역할을 하고 있다. 그런 면에서 윤소영 시
인은 시각적 이미지를 잘 살려 주제를 명확하게 구현할 줄
아는 시인이다.

오름 위 산들바람
갈대숲 은빛 노을
조리개 사랑 노래
산새들 노랫소리
깊은 산
청아한 리듬

나무들이 춤추네

앙상한 가지 위에
살포시 내려앉은
반가운 산새 소리
애타게 그리던 임
오작교
구름 위 핀
함께 부른 그 희망
- 시조 「산새들의 희망」 전문

　자연의 소리, 춤추는 나무들의 춤, 산새들의 노래는 그 무
엇으로도 대체 불가능하다. 제주도에서 들리는 자연의 소
리가 노래이고 음악이다. 윤소영 시인은 산새들과 물아일
체가 되어 사랑을 노래하고 희망을 노래한다.

산들바람 푸른 숲속
오름을 타고 올라
잔잔히 들려오는
애잔한 예불 소리
어느덧
간절한 축원
하늘 향해 흐르네

맑은 물 흘러가듯
청아한 종소리에

추억을 떠올리듯
새 소리 감미롭다
물소리
사랑의 이슬
희망의 꽃 피어라
– 시조 「오름의 희망」 전문

　지금껏 윤소영 시인의 두 권의 시집 출간과 첫 번째 시조
집 출간을 지켜보았다. 그의 글쓰기는 한 마디로 글쓰기를
통한 사랑 찾기, 그리고 희망 찾기, 행복 찾기가 아닐까 한
다. 그의 삶이 고되고 힘들지만 글쓰기를 통한 삶의 구원
과 사랑의 표현은 소중하다. 지속적인 감정의 노출과 정확
한 메시지를 찾아서 아름다운 노래를 불렀으면 한다.
　제주도의 자연은 아름답다. 고도가 높아 운해와 일출이
장관이다. 어쩌면 윤소영 시인은 대한민국 시조계에 새롭
게 뜨는 달, 제주도에 뜨는 달이 아닐까?
　다시금 새로운 도전에 응원의 박수를 보낸다. 그의 시와
시조 향기는 비슷한 듯하나 많이 다르다.
　필자는 그에게 다시금 강변하건대 시조의 향기에 푹 빠져
보라고 권면하고 싶다. 더욱더 아름다운 시조의 향기와 맛
에 취해서 그 아름다움을 만끽하길 권한다.
　그의 건승과 건강을 기원한다.

■ 글벗시선 197 윤소영의 첫 번째 시조집

제주에 뜨는 달

인 쇄 일 2023년 6월 26일
발 행 일 2023년 6월 26일
지 은 이 윤 소 영
펴 낸 이 한 주 희
펴 낸 곳 도서출판 글벗
출판등록 2007. 10. 29(제406-2007-100호)
주　　소 경기도 파주시 와석순환로 16,(야당동)
　　　　　 롯데캐슬파크타운 905동 1104호
홈페이지 http://guelbut.co.kr
E-mail juhee6305@hanmail.net
전화번호 031-957-1461
팩　　스 031-957-7319
가　　격 12,000원
I S B N 978-89-6533-255-8 04810